吉絲卡、簡慶東／口述　　陳啟民、須文蔚／寫作

吉絲卡的願望

異鄉變故鄉

游雅帆

　　移動是來自家鄉的經濟困窘，豐田人不也是如此嗎？50年前村落中不同族群二次移民、三次移民的居民比比皆是，大家都有著訴說不完的故事，這些移民故事也不斷的被傳頌著。2013年的現在，相隔50年後了，這個故事還是不變，只是主角換成東南亞姐妹而已。

　　吉絲卡一路向前走過來，如何回頭再去追尋那曾經留下的足跡，思念家鄉的感覺是甚麼？一路移動的人，要回去哪一個家鄉？在移動的過程中，不同族群的族語，語言的界限、飲食、習俗的差異……以及居住的時間，讓吉絲卡一直有無法融入的感覺，更不用談如何去文化的共榮。誠如鍾永豐說：「日久他鄉是故鄉」。因此，這個家必須與左鄰右舍連結，並利用時間與空間來換取「在地」與「家鄉」的歸屬，吉絲卡如此的想。

因為愛著這個人，而必須出更多的代價。雖然這一路走來備感艱辛，但是對吉絲卡而言，反而稱讚起先生的努力及勇敢。提起先生時吉絲卡會驕傲的對孩子說：「這一路上，爸爸和我都很努力，……。去學校讀書之後，要好好學習…記得回饋社會，幫助更多的人」。那一句對先生的肯定，讓許多姐妹及我重新檢視自己與家人的互動以及孩子的教養。對於這一對夫妻，因為相愛而全心疼惜對方、擁護對方，讓我們不禁汗顏。

　　正因為吉絲卡及慶東在面對生命的挫折時，所持有的勇氣及宏觀的態度，讓大家願意更擁愛他們。希望這一份正向的異國婚姻及對生命的努力，能夠鼓舞所有的人，在面對婚姻都能有更多的努力及經營。且對生命的期待與對孩子的教養方式，都足可成為典範的學習對象。因此，期待閱讀吉絲卡與慶東的生繪本時，閱讀的不是文字，更不是欣賞畫風，而是聆聽他們兩個的生命樂章。

愛在筆畫間

東華大學數位機會中心主任　須文蔚

　　根據移民署的統計，2013年台灣的新住民人口數已經超過48萬人，約佔台灣總人口比例2%，接近法定原住民人口數，其中女性所占比例接近93%。台灣因為有這群新住民的加入，族群色彩更加繽紛，文化內涵更顯多元豐富。然而，新住民適應台灣文化，努力融入家庭的努力過程，卻總是容易被忽略。在艱辛教養新一代台灣之子的背後，有些故事需要被看見。

東華大學數位文化中心自2007年接辦教育部「數位機會中心」輔導計畫以來，努力在教育、文化、經濟、社會等四大面向，結合數位資訊的方式，協助花蓮各個偏遠鄉鎮數位機會中心進行特色發展。在輔導工作推動的同時，經由牛犁社區交流協會的楊鈞弼總幹事，以及游雅帆秘書的引薦，我們一步步認識簡慶東與吉絲卡一家人。

　　緣份從吉絲卡的手繪本子開始，雅帆一頁一頁將吉絲卡和簡慶東的故事講述給我和同仁們聽。故事講完後，我從迷濛的目光看見同事貞育的眼角泛紅，當下我就決定，假若能力可及，一定要讓更多人認識這麼努力的一家人。

　　這本書從策劃到出版，歷時三年多的時間，這中間經過多次的採訪，產出多種版本的書面資料，雖然未能直接用於出版，卻成了後續非常重要地寫作參考。搭配採訪所留下的影像資料，建構出這一家人的生活原貌，也大大強化了文字的渲染力。

　　最後的寫作階段，我決定挺身而出，與曾經擔任本中心輔導員，並有寫作出版經驗的啟民和我共同合寫，除了因為我對文字品質的堅持，還

有就是寫作者對簡慶東夫婦的熟悉度高，能夠掌握故事的節奏，貼近人物的親身經歷。

　　本書能夠順利付梓首先要感謝教育部資訊及科技教育司長期對本中心的支持。再來是花蓮縣各數位機會中心共同齊心努力，以及輔導團隊成員們長期犧牲自己的時間，為偏鄉的發展付出。更要感謝牛犁社區交流協會，長期默默為新住民姊妹們爭取權益。

　　最後，要感謝簡慶東與吉絲卡願意和我們分享他們的生命故事，因為他們奮力面對人生的各種挑戰，才有這本圖文皆精彩的書可以讓大家閱讀。

吉絲卡的願望

吉絲卡‧簡慶東　口述
陳啟民‧須文蔚　寫作

造物主在此聚集了財富
在王國的恩賜中
原本在這塊土地上生活的人
註定共享著這份富裕與榮耀
這就是互愛

「老么啊……，麥擱睏啦，趕緊起床過來豬舍這邊，豬母生豬仔囉！」

東北季風吹拂的季節最適合躲在被窩裡睡覺，即便是幼年簡慶東，都無法抵擋床鋪的磁吸力，可是當他聽到母豬生小豬的訊息，馬上踢開暖呼呼的棉被跳下床，顧不得還沒穿好的拖鞋，快步往豬圈奔去。

父親摸著抱住自己大腿的么兒阿東說：

「這幾頭小豬仔你負責幫忙阿爸照顧好，明年豬仔變大豬，阿爸買新衣服給你穿。」

還未離乳的小豬就跟嬰兒一樣，肌膚稚嫩雙眼迷濛，走路略有顛躓，一不小心就容易跌坐在地上，心情不好的時候到豬圈去看看豬仔，非常具有療癒效果。簡慶東很喜歡圈舍內的豬仔，每隻都把它當成自己小孩一樣照顧，經常將它們抱在懷中講一些童言童語，小豬仔是幼年阿東的好朋友，經常望著那可愛逗趣的模樣出神。

小豬日漸長大，簡慶東的生活重心漸漸從溫暖舒適的家中轉向鄰居夥伴與學校，他和一般鄉下孩子一樣，課業成績沒有特別突出，卻有一雙強健的快腿，經常代表學校外出參加田徑比賽，專長項目是一百公尺短跑。放學回家後，幫忙爸媽忙完家中的大小事情，阿東會跟鄰居朋友一起到空地打克難棒球，快腿是他最具破壞性的武器，幾乎只要能讓棒子碰到球，簡慶東就能輕易攻佔壘包。曾經打過職棒兄弟象隊的吳俊達，在童年時代總是以崇拜的眼光看著同場比拚的簡慶東。

中學時期的簡慶東依然是田徑隊的運動健

將，接受專業教練的系統化訓練，身材雖然稱不上高大，卻是肌肉發達體格健壯。可惜台灣的教育體制一直都是以升學為主要取向，並不怎麼注重五育的均衡發展，類似簡慶東這樣的人才，即使在體育項目有傑出傲人的成就，依然在體制下被選擇遺棄。簡慶東高中沒有讀完就決定棄學，離開家鄉花蓮到北部工作，補貼家用之餘，也提前累積自己的社會經驗。

簡慶東和同時期的年輕人有類似的經歷，攜帶著一顆無所畏懼的心，勇敢面對現實社會的各種挑戰。剛到台北的那兩年生活沒有很穩定，大部分的工作都是臨時性的，一開始先到親戚家幫忙修車，但因為工作時間緊張，休息不固定，無法好好吃飯，身體受不了，只好離開。之後只要聽聞哪個老闆有缺人幫忙就往那裡去，一年換二十四個頭家是稀鬆平常的事。直到當兵前一年，簡慶東的生活才算穩定一點，他在一個貨運行找到助手工作，每天夜裡跟著大貨車從花蓮出發，經過常會有落石的蘇花公路，無暇欣賞蘭陽平原的美好風光，大貨車又疾駛進九彎十八拐的北宜公路。

自古以來北宜公路就充滿各式的陰森傳言，車上眾人從來不敢鐵齒，車上隨時準備數疊紙錢，如果路上見到有人招手攔車，司機會重踩油門，讓助手將紙錢拋出窗外。簡慶東的運氣還不錯，沒拋過紙錢，倒是相關的傳言不斷，他不敢掉以輕心。

　　將花蓮的新鮮蔬果送到台北果菜批發市場，快速卸完貨後，一行人就得趕緊到附近的合作貨運行，將當天要送到花蓮的雜貨搬運上車，再沿著原路回去。工作雖然忙碌又吃力，但生活和收入都比之前穩定多了。每天最大的亮點就是在菜市場卸貨時，可以跟到現場幫忙的果菜行老闆娘女兒打招呼，聊點不著邊際的玩笑話，看她臉上漾出的淡淡微笑。這個年紀的女孩只要臉上帶著笑容，不管做什麼事情，都很迷人。

　　二十五歲的Jessica Ronco應該是怎麼笑都可以很迷人的女孩，但她卻是很久都沒有開懷大笑過了。

　　Jessica從小在菲律賓群島中部，屬於菲律賓第六政區西維薩亞斯（Western Visayas），面積比花蓮縣大一點點的怡朗省（Iloilo）一個山間

小村落長大。家中務農，主要作物有糧食類的玉米、地瓜和稻米等，畸零地則是種植南瓜和蔬菜等作物，住家院子裡眷養牛、豬、雞、鴨、狗、貓等禽畜，生活型態就如同台灣早期的農業社會一般。

Jessica從有記憶以來，就經常跟著父親到田裡幫忙，不管是畜牧、農耕、烹煮餐點等大小事都要幫忙，且樣樣難不倒她。父母親辛苦一輩子拉拔Jessica與兄弟姊妹們讀書長大，一點一滴Jessica都看在眼裡，等她年紀稍微大一點，從學校畢業有能力賺錢以後，她便到外地的工廠上班補貼家用。

在工廠工作期間，Jessica結識了初戀男友，兩人同樣都是家中務農，學校畢業後選擇離開家鄉到外地工作，有相同的背景與出身環境，所以兩個人對彼此特別惺惺相惜，有個伴能互相照顧，離家在外的生活也不至於孤單寂寞。交往幾年後，雙方論及婚嫁，但因Jessica的父母並不是很喜歡她的男友，雙方的感情一直未能有更進一步的發展。之後，男友離開工廠回到家中幫忙農事，即便男友一心希望能早點跟結婚，但她一想

到要男方家距離自己家的路程遙遠，考慮家中的經濟狀況，Jessica還是決定建議男友將婚事暫緩，而後她也離開工廠回家鄉協助父親的農事。

Jessica調整掛在腰間新買的收音機，從小在田間工作時，Jessica總是很羨慕大人們可以一邊工作一邊收聽電台撥放的輕快音樂，重新回到家鄉，Jessica總算有能力給自己買一台讓人羨慕的隨身音響。收音機傳來Kuh Ledesma所演唱的《Ako ay Pilipino》（我是菲律賓人）。Kuh Ledesma是菲律賓頗富人氣的爵士樂兼流行樂歌手，年輕人幾乎都認識她。這首《Ako ay Pilipino》是Jessica最喜愛的歌曲，她哼唱著：「我是菲律賓人，我是菲律賓人，所有人額頭上輝映著正是菲律賓！……」心裡卻泛著酸痛。

菲律賓長年戰火不斷，人民飽受戰爭的摧殘，生活顛沛流離，逐漸對國家與居住的地方，喪失了生存下去的信心。鼓點節奏明顯，類似行軍式編曲方式貫穿整首歌的《我是菲律賓人》風行一時，用來鼓勵軍隊與在這塊土地上生活的人們。每在有重大慶典、頒獎典禮，或是唱頌完國歌時，總會唱頌這一首歌，以表達對國家、民族

的認同與向心力。重新詮釋《Ako ay Pilipino》的Kuh Ledesma，因為這首歌站上演唱生涯的最頂峰，歷久不衰。

回到家鄉的Jessica卻是怎麼樣也看不見自己身邊的人們臉上有容光，自己也是充滿了沮喪。

歌曲結束之後就是整點的新聞播報，頭條報導就是鄰國台灣的可怕的「九二一地震」消息，台灣全島都感受到嚴重搖晃，共持續102秒，造成2,415人死亡，29人失蹤，11,305人受傷。

「Taiwan……。」像一個奇異的、受了傷的朋友，悄悄進入了她的心裡。

那幾年，到台灣、日本或中東打工，是菲律賓年輕人最常談論的話題之一。工廠的工作結束之後，Jessica發現她的家鄉變得跟以往很不一樣，小時候的玩伴、讀書時的同學很多都早已遠離成長的土地，家鄉變多的是老人家和銀行。那些看著Jessica長大的慈祥笑臉上，多了好幾道深刻的紋路，而原本提供日用品買賣服務的店家，紛紛關門了，開起了一家家銀行辦事處。

偶爾會有幾個同伴從海外歸國探親，她們原本黝黑粗糙的皮膚變得白皙透亮許多，身上原本

樸素的衣服也多了許多鮮豔的色彩。她們會告訴Jessica關於異國的有趣遭遇，也會告訴Jessica她們在海外所嚐到的苦楚。Jessica總是帶著羨慕的眼神聆聽姊妹們所訴說的故事，並且不斷追問然後呢？然後呢？

看看手裡的玉米穗，這一年的乾旱造成作物產量欠收，但Jessica手上的這株玉米穗能結實的部分卻是依然飽滿，葉鬚包覆的玉米粒依然鮮嫩欲滴，似乎是在告訴她，儘管環境再怎麼惡劣，只要發了芽，都得勇敢挺直臂膀，開出漂亮的花，結出飽滿的果實。

Jessica不禁開始想像再度離開家鄉的可能性，跟隨著兒時玩伴們的腳步，到海外工作。她並不羨慕那些漂亮的衣服打扮，她只希望父母可以不再那麼辛苦下田工作，家裡的經濟狀況可以不再看老天爺的臉色，如果需要花用的時候，爸媽只要帶著一張小卡片，到鎮上的銀行辦事處去走一趟就可以了。

好幾次，Jessica都想很瀟灑地揮一揮衣袖，登上乘載滿滿夢想的飛機前往海外挑戰新的人生。那年菲律賓的大旱給了她最好的機會，農作

物欠收，即使投入再多的人力，能提升的農作收穫量還是有限。看著老是結出空穗包的稻米和長不出葉子的地瓜，在田間工作的父親面容不再像以前那樣慈祥，取而代之的是經常深鎖的眉頭，Jessica好幾次利用田間休息的時候與父親談到國外工作的想法。父親一開始總是堅決反對的，他不放心讓年紀輕輕的女兒到人生地不熟，語言又不通的國家去奉獻勞力，也擔心雇主是否能以合宜的方式對待她。

Jessica還是耐心與父親溝通，幾次之後，父親才慢慢願意接受Jessica的想法。只是，通過父母這一關後，依然還有些事情讓Jessica遲遲無法放下。

回到家鄉後，Jessica依然掛念著在外工作時對自己呵護有加的男友，兩人都離開工廠後，意外斷了聯繫方式。做出是否前往海外工作的最後決定前，Jessica託人打聽對方的近況，輾轉獲得的資訊是男方回到老家後，另外結識了還不錯的女孩，兩人已經結婚共築愛巢。

這時的Jessica已經不再有任何掛念，決心往海外一闖。

Jessica的決定不只獲得姊姊精神上的支持，已婚從事教職的姊姊，更無私的拿出自己辛苦賺來的積蓄，資助Jessica繳交仲介公司收取的手續和行政規費。Jessica對姊姊說：

　　「以前哥哥、姊姊工作讓我讀書，現在換我工作讓弟弟、妹妹讀書了。我希望出國工作所賺來的錢，能讓爸爸媽媽退休後的生活可以不用那麼辛苦。」

　　在日本、新加坡、香港與台灣之間，Jessica最終選擇到台灣開啟人生新的一頁，這是那天收音機傳遞給她的訊息，她是菲律賓人，台灣遭受了天然災害的襲擊，需要有人伸出援手。另外一個讓Jessica選擇放棄日本較高薪資收入而到台灣工作的理由，是因為她是菲律賓人，從小在熱帶國度長大，姊妹們告訴她，日本的冬天經常是冰天雪地冷風刺骨，這讓她心生懼怕，所以她選擇到台灣，台灣的氣候跟菲律賓比較接近。

　　Jessica沒有等待太久就從仲介公司那邊得到好消息，仲介公司的人幫Jessica取了一個諧音的名字叫做吉絲卡。她也從仲介公司取得的手冊中開始學習一些簡單的中文，第一個學會的字彙就

是「老闆」。

　　從軍中以士官的身分退伍後，簡慶東再度離開老家花蓮北上工作。那些年頭，他跟過很多老闆，因為身強體壯，學習速度又快，很能獲得老闆的重用，只要條件合理，工作內容有趣，經常是哪裡有人找，就往哪個地方去，十幾年間，簡慶東幾乎跑遍了台灣各個角落，習得了一身的工作本領，幾乎沒有能夠難倒他的工作。

　　簡慶東對工作十分投入，希望有一天，自己也可以晉身老闆的行列，照顧跟他一樣懷著夢想離鄉背井，肯努力上進的年輕人。

　　一九九九年大地震前幾個月，簡慶東在一個工程公司上班，公司主要承包高壓電纜拉牽的工作，簡慶東已經入行幾年，從當年負責在電塔底下遞送零件器具，不小心犯錯就可能會遭受物件從天而降攻擊的助理學徒，搖身變成親自爬上電塔，這邊旋旋，那邊扭扭，親手完成工程最重要幾個步驟程序的工程師師傅。

　　累積十多年的工作經驗，簡慶東始終沒忘記，當年穿梭北宜和蘇花這兩條台灣最險惡的公路時，司機老師傅教導他：「任何事情都要按部

就班，所有的事前準備都要一一到位，千萬不可以鐵齒或心存僥倖。」

拉電纜的工作多半在山區進行，入行的第一天，老師傅也叮囑簡慶東：

「山無論大小，都有神靈存在著，大山有大神，小山有小神，一定要時時保持敬畏的心裡。沒有任何準備就貿然進入山裡，萬一冒犯神靈，一定會發生災禍。」

按照班表，那天簡慶東剛好排到輪休，前一天加班到深夜，洗好澡躺上床已經是凌晨時分。隔天一大早，還未從酣眠中獲得滿足的簡慶東被猛烈地敲門聲叫醒，工程公司的主任親自登門請託，原先當天排定上班的工程師，臨時因為身體不舒服，必須找人代理完成既定的工作進度。

睡意未去，腦袋依然昏昏沉沉的簡慶東沒想太多，隨便盥洗整理了一番後就跳上車子，跟著工程隊到彰化山區開始當天的工作。

每次到一個新的方開始工作之前，簡慶東總習慣性地先跟當地的神祉或好兄弟打聲招呼，點根菸敬拜後才會開始工作。這天，腦袋遭受睡意強烈侵襲的簡慶東卻在無意間忽略了這個習慣性

的動作，上塔開始工作前，一陣尿意襲來，簡慶東在電塔附近找了一處小樹叢，就地小解。不懷任何惡意的簡慶東，沒想到因此招惹山神大怒。

可能是指令沒有下清楚，配合工程進行的同事還沒有將塔上的纜線全數斷電完成，身旁其他人還來不及反應，簡慶東就迫不及待以熟練的動作攀上長梯。

「砰！」一陣劇烈的爆炸聲從高處傳來。

簡慶東誤觸仍然通電中的高壓纜線，巨大的電流瞬間貫竄他的全身，簡慶東的肢體末端被高壓電流炸出無數大小不一的傷口。

同事趕緊將懸掛在長梯上已經昏迷的簡慶東搶救下來，緊急送到附近的醫院。無奈簡慶東的傷勢過於嚴重，醫院的設備不足，只能進行緊急的救治處理，無法提供更進一步的醫療服務。

簡慶東昏迷了好幾天才在醫院中醒轉過來，睜眼只見全身纏滿紗布的自己，嘴上還戴著一只呼吸器，活像電視中看過的木乃伊，周遭則是忙碌的醫護人員。任憑他再怎麼努力，簡慶東也只能回想到自己剛爬到高壓塔上的前一刻，接下來發生什麼事情就都完全不記得了。簡慶東還不知

道自己傷勢的嚴重性，企圖想要活動一下手腳，突然又是一震劇痛直襲腦門而來，簡慶東再度暈厥過去。

在鬼門關前走了一遭，因急救得宜，簡慶東暫時保住半條命，但傷勢實在太過嚴重，儘管遠從花蓮趕來彰化探視的家人持續苦苦哀求，院方仍對簡慶東的前景不表樂觀，也找不到其他醫院願意收留。在幾乎所有人都對他不抱存希望的同時，只有簡慶東的姊姊依然不願意輕言放棄，想盡各種辦法，用盡所有人脈，總算輾轉找到林口長庚醫院願意嘗試收留救治簡慶東。

再次恢復意識時，簡慶東生命跡象已經穩定，人在林口長庚醫院的加護病房，依舊嘴上戴著呼吸器且全身纏滿紗布，姊姊鍥而不捨的努力奔走，總算將簡慶東從閻羅王手上給搶了回來。

院方為他進行了清創、感染部位處理、植皮、截肢等一連串大大小小手術，原本健全的肢體，最後只剩下一條坑坑疤疤的右腿。在加護病房的日子裡，簡慶東每天在其他病人的呻吟聲中醒來，又在唉叫聲中睡去。

身上的傷真的好痛好痛，尤其是在換藥的時

候，病房內的醫生護士偶爾也告訴他，如果傷口真的痛到受不了，或許大聲唉叫可以讓自己感覺舒服一些。但簡慶東告訴自己一定要忍住，每當沾著藥水的棉花開始在身上塗抹，簡慶東就閉上雙眼咬緊牙根，直到額頭飆出汗水。他以深沉的呼吸聲和堅強的意志力取代呻吟。

從意外發生到離開加護病房總共用去簡慶東四個多月的時間，回到花蓮後，簡慶東繼續在省立花蓮醫院待了一個月的時間才總算回到位於壽豐豐田的老家。

經歷這場電擊意外後，簡慶東失去的不僅僅是兩隻手和一條腿，連帶喪失的是他的工作能力，曾經是優秀田徑選手的他，竟在這場意外之後，連日常生活都無法自理。出院返家初期，大大小小的事情還好有哥哥姊姊們幫忙照應，小姐姐和從事保險工作的小姐夫幫忙募集資源，解決簡慶東眼前的經濟難題。當簡慶東需要到林口長庚醫院複診時，二哥就利用星期五下班後的時間，開車載他穿越夜晚的蘇花與北宜公路，早上門診結束後再開車回花蓮，二十四小時內來回花蓮壽豐與桃園林口的生活維持了好幾個月。

但以長期的照護眼光來看，家人平日忙於工作與各自的家庭生活。很難再有多餘的心力可以照顧他。當務之急且最有效的方法是找個全職看護來幫忙照顧簡慶東的生活起居。兄姊們經過討論後，決定幫弟弟請個外籍看護，照顧簡慶東的生活起居，於是便找上了仲介公司。

　　那年九二一大地震的影響，使得外籍看護不是很好找，原因之一是地震的新聞登上國際新聞版面，擔心餘震的發生，外籍人士不願意來台，另外一個原因是在地震中受傷的人數龐大，外籍看護的需求量大增。簡慶東和姊姊排隊等了好久，才收到仲介公司寄來的名冊和資料表，仔細評估語言能力和工作技能等各項條件後，總算挑選到合適的人選，無奈繁複的手續進行到最後一刻，屬意的對象卻已經被人捷足先登。

　　萬般不得已，在急需找到人幫忙的情況下，只好再從名冊中，尋找替代人選。這次挑中的人選有不錯的護理專長，但卻一句華文都不會說。過沒多久，簡慶東姊姊收到一份仲介公司寄來的厚厚文件，裡面有中文有英文，還有一張大頭照。姊姊在文件上簽了字後寄回給仲介公司。從

那刻開始，簡慶東有了「老闆」的身分。

「老闆你好，我叫Jessica……」從仲介公司回來後，吉絲卡只要有空的時間，就把這句話掛在嘴邊，不斷練習。

離開菲律賓的最後一個晚上，父母仍舊嘗試要把心愛的女兒留在身邊，他們不放心的，是年紀輕輕的女兒，要到人生地不熟，語言又不通的國家去奉獻勞力，也擔心雇主是否能以合宜的方式對待她。父母的心情比嫁女兒還更捨不得。隔天一早，吉絲卡含著淚水拜別父母與出生長大的菲律賓，離家時只帶了簡單的行李。

當飛機緩緩從空橋滑行到起飛跑道的路途上，機上的廣播系統傳來一陣吉絲卡非常熟悉的聲音，那是Ledesma所演唱的《Ako ay Pilipino》，嘹亮的嗓音似乎在提醒吉絲卡，出國工作不只是為了賺錢，還要將身為菲律賓人的榮耀帶出去，更不能辜負家鄉親人們對她的期待。

飛機越過波光粼粼的巴士海峽，在桃園降落後，仲介公司的接機人員交給吉絲卡一疊厚厚的文

件，一張劃好位到花蓮的火車票，之後送她搭上前往台北的客運車。

　　吉絲卡原本以為一切都可以很順利，考驗卻從台北車站開始。車站內標示不清的指示牌讓吉絲卡費了好一番功夫才找到月台入口，還差點趕不上火車。按著票面資訊，吉絲卡找到自己的車廂，座位上卻坐著一名穿著質樸的中年婦女，車上擠滿了人，找不到其他空著的座位。事實上，吉絲卡也只是勉強擠進車廂，距離她的座位還有一段距離。吉絲卡在腦海裡翻找了好久，就是找不到要如何表達她想要經過其他人身邊往前走的的詞句。內心掙扎了好久，總算想到可以用「對不起」來表達，偏偏幾個簡單的中文字就是無法說出口。

　　「姑且站一下吧，下一站人可能就少了，應該可以找到位置坐吧。」吉絲卡心裡這般盤算著。

　　窗外的風景一再變換，為了打發無聊的交通時間，同時消弭心中對即將面臨的挑戰所引起的不安，吉絲卡內心不斷哼唱著《Ako ay Pilipino》，她知道，來到新的環境，面對全然

不同的生活型態，自己才會是道道地地的菲律賓人。

　　三個多小時過去，一路上旅客上上下下，車廂內的人潮似乎沒有減少過，還是和吉絲卡從台北上車時一樣擁擠，就這樣一路從台北站到入夜的花蓮。拖著既酸又麻的腳步，吉絲卡比公元兩千年早一個多月來到花東縱谷內的小鄉鎮壽豐，這片繼菲律賓怡朗市之後，即將成為她新故鄉的土地。

　　初冬的新故鄉歡迎吉絲卡的方式卻不怎麼熱情，才剛走出車站，一陣冷冽的風就從吉絲卡髮際吹拂而來，等待簡慶東家人出現的那段時間，冷風將吉絲卡的臉頰刮得好痛好痛。

　　更痛苦的是那年冬天的花蓮比往年都還要冷，每當強烈的大陸冷氣團南下，凶狠的東北季風夾雜著雨絲吹進花東縱谷，入夜後氣溫常常在攝氏十度以下。白天抬頭往奇萊山主峰望去，經常可以見到前夜降下的靄靄白雪，積累多日不願融去。簡慶東因為皮膚毛細孔已經燒傷破壞，對溫度的感知能力不甚敏銳，白天身子披件短袖上衣即可，睡覺時也只需要一條薄棉被。但天氣的

猛烈變化可就苦了來自熱帶的吉絲卡，這是她從未感受過的氣候型態，即使將自己包得比酥曼（菲律賓粽子）還厚，手腳還是忍不住發抖，半夜還經常被冷醒。這樣的冷峻氣候完全出乎吉絲卡的預料，朋友口中的台灣竟然與她親身感受到的落差那麼大，而更出乎吉絲卡預料的，是她老闆簡慶東的身體狀況。

　　簡慶東僅存的身體和右腳上佈滿了電擊炸裂的傷口，剛從醫院回到家鄉壽豐時，身上纏滿了紗布，尤其是皮膚移植的部位，毛髮長出來的時候經常會化膿、流血。幫老闆換藥時，常讓吉絲卡感到畏懼，在菲律賓念書時就是主修護理，纏裹新的紗布難不倒她，語言的隔閡卻使她感到力不從心。

　　簡慶東說：「該換藥了」

　　吉絲卡端上了開水。

　　簡慶東說：「我口渴了！」

　　吉絲卡以為他要洗臉，去洗了毛巾來。

　　換紗布時，簡慶東喊：「痛！」

吉絲卡聽不懂，還繼續動作，拔掉沾

黏的紗布，痛得受不了的簡慶東眼淚幾乎要飆出來，直到吉絲卡看見簡慶東臉上上糾結在一起的五官才急忙停手。

　　吉絲卡心想：「到台灣前，姊妹們告訴她，遇到無法用語言溝通的時候，雙方使用肢體語言通常都能夠解決。可是老闆連比手畫腳的能力都沒有，到底該怎麼辦？」

　　吉絲卡當然也想把中文學好，剛到花蓮的時候，簡慶東的二哥曾與吉絲卡介紹住家環境，教她一些日常比較常使用的東西的發音，但中文教材的對話太過生活化與理想化，缺乏專業的醫療術語，對工作的幫助有限。簡慶東講話速度即使刻意放慢，吉絲卡還是不容易跟上，經常是聽出幾個關鍵詞，卻因為交代的事情太多，記得前面就記不得後面，或是只知道要完成的事情，卻不知道方法為何，牛頭就是對不上馬嘴。因為害怕說錯而開不了口，則是吉絲卡的另外一個困擾。

　　溝通的問題不只讓吉絲卡感到挫折，同樣也困擾著簡慶東，他不知道該如何對吉絲卡表達他的想法，面對經常出錯的吉絲卡，有時候心裡急了，只能選擇提高音量，但回頭想想，即使再怎

麼樣的大聲斥責，吉絲卡還是不懂他要表達的意思是什麼，怒吼只是傷害自己喉嚨聲帶，改變不了什麼事情。他跟姊姊抱怨：「為什麼不讓我換名看護呢？我要一個聽得中文的看護。」

姊姊無奈地說：「阿弟呀，我們的能力有限，哪裡請得起台灣看護？」

「我不要她，讓她回家，她笨手笨腳的，事情都做不好。」

「我花了好大的力氣才把吉絲卡請來，她不懂中文，到哪裡都沒辦法溝通。她正在學，你就好好教她！」

一時語塞的簡慶東雖然答不上話，但心裡依舊有著深深的哀痛，在身體受重創之後，復原的過程竟是這般的折煞人。

好幾次夜裡安置老闆入睡後，無力感逼使吉絲卡偷偷躲在被窩裡哭泣，或許當初父親不贊成她離開菲律賓是對的，一個女孩子離家那麼遠，語言文化差異又那麼大，悲傷的情緒找不到人傾訴，眼淚只能往肚子裡吞。好幾次吉絲卡

都想放棄台灣的工作回菲律賓老家，但想想自己賺的錢還無法攤還資助她來台灣的姊姊，再想想老闆簡慶東的處境，如果失去雙手、只剩一條腿都能這樣勇敢活下去，那麼遭遇這一點點的困難又算什麼。吉絲卡想起那天在她手裡的那株玉米穗，不管環境再怎麼惡劣，不管挑戰多麼艱難，她都要堅強挺住，讓自己壯大飽滿。

　　不讓想家的心情與委屈的情緒擊潰自己，吉絲卡便專心在自己的工作上，除了定時幫老闆換藥，因為經常買不到車票，還要推著輪椅陪老闆搭深夜的火車到北部的醫院複診。在家時下廚照料老闆的三餐、處理老闆的便溺、清洗汙穢的衣物、幫老闆洗澡、以及幫長時間躺臥在床上的老闆翻身，這些都是家常便飯，即使有些工作已經是駕輕就熟，吉絲卡依舊堅持將每個細節做到最好，只要稍有空閒的時間，吉絲卡更是要求自己好好把握，努力學習艱澀難懂的中文。

　　簡慶東也要試著找出和吉絲卡溝通的方式，沒有手可以比，他就用腳畫。早上起床想洗臉的時候，簡慶東就用腳趾頭在地上畫一個圈代表臉盆；想上廁所就擺動腰部，腳在地上點幾下；想

喝水就扭扭脖子嘴巴張張合合。吉絲卡從不斷的錯誤中慢慢摸索出簡慶東想要表達的意思，只要吉絲卡把事情做對，簡慶東就會將他的意思以最簡單的詞句告訴吉絲卡，吉絲卡也逐漸能夠了解簡慶東口中的語詞所代表的意義。吉絲卡慢慢試著從口中發出幾個單音節詞彙，進而漸次串連成完整的句子。隨著中文能力進步，以及日常生活之間的密集互動，吉絲卡和老闆一步一步培養出默契，也找到了最適合兩人的溝通方式。

溝通管道暢通了，吉絲卡在花蓮的生活也慢慢步上軌道，常規的工作結束後，吉絲卡偶爾會推著輪椅帶老闆到後院曬曬太陽，閒暇時自己到村子裡面走走逛逛，村子裡好多跟她一樣來自異國的女性，有一些擔任居家看護，更多是遠從越南、柬埔寨、或印尼等國家嫁到花蓮壽豐。因為彼此的膚色和長相明顯和台灣本地人有所差異，彼此語言雖然不相通，但見面都會微笑點頭示意。周遭有跟她同樣從異國到來台灣發展鄰居，吉絲卡慢慢不再覺得孤單，那些異國女子掛在臉

上的微笑，都鼓勵吉絲卡繼續堅持下去。吉絲卡也因此漸漸喜歡上花東縱谷的泥土、陽光、和空氣。

　　因傷鬱悶已久的簡慶東，因為有吉絲卡的細心照顧，心情舒坦許多，不再每日愁眉苦臉。和吉絲卡之間建立起信賴感後，換藥時簡慶東不再避著眼睛咬牙苦撐，他試著睜開眼睛，觀察吉絲卡如何將舊的紗布揭開取下，接著清理傷口上的髒汙，塗上新藥，最後再裹上新的紗布。直到這個時候，簡慶東才真正了解到自己受傷的程度，換藥過程中，他親眼看見還沒癒合的傷口處，裸露在外的上臂骨。

　　身體狀況趨於穩定，簡慶東不僅僅找回往日經常掛在臉上的笑容，也因為吉絲卡不辭辛勞地協助，簡慶東找到願意幫他製作義肢的公司，經過無數次壽豐與林口之間的來回奔走，裝上舒服合適的義肢。有吉絲卡的協助穿戴，靠著僅存的右腳和義肢，簡慶東總算能夠脫離只有床和輪椅的生活，可以不靠外力協助，自己從床上站起來，在老舊的自家院子散步。

進步不僅僅這些，腳能走了，上肢患部的復健還算順利，截除手術後，簡慶東只剩下一小節左臂，能做的事情即使不多，依然要設法讓這一小段手臂發揮最大的功能。簡慶東請吉絲卡在他的左臂上纏上繃帶，再將湯匙的長柄固定在繃帶上，經過多次的嘗試和調整，找出最佳的湯匙角度和飯菜配置之後，簡慶東終究能自己吃飯了，這段過程真的很高難度。

能走路、能自己吃飯，簡慶東向全世界證明，即使缺乏老天的憐愛，他依然不願意放棄自己，他要高舉手臂，奮力站起身，勇敢邁步向前。

日子一天一天過去，吉絲卡在台灣省吃儉用，存下來的錢，都透過銀行匯回菲律賓老家。以前，她靠姊姊賺的錢上學念書，現在，弟弟妹妹靠著她的資助順利完成學業，年紀漸大的父母依舊下田工作，但不再需要像以前那樣辛苦，家中的經濟狀況改善了不少。這段期間，吉絲卡身上只多了一套新洋裝，那是她生日時簡慶東託姊姊買給她的。

那天中午吃飯的時候，吉絲卡用依然有點生硬的中文對簡慶東說：

　　「老闆，我的Working VISA到期了，我要回去菲律賓。」吉絲卡在前一年就說過同樣的話，只是當時考量工作簽證可以延簽一年，加上簡慶東的身體狀況還沒達到最佳狀態，吉絲卡決定多留一年。

　　簡慶東沉思了一會之後回答：

　　「嗯，也該回去看看你的家人！時間過好快，想想你來台灣都已經三年了，回去看看家人，讓他們知道你在台灣一切都很好。那你打算什麼時候再回來？」

　　吉絲卡沉默了一下才說：

　　「我不知道，媽媽身體不舒服，我要回去照顧媽媽。」

　　身邊這名在過去三年時間對自己無微不至照護的女人畢竟是別人家的女兒，簡慶東沒再多說什麼，有一種說不出的難受壓著他的胸口，幾乎要讓他喘不過氣來。簡慶東只吃了兩口飯，就把頭別開不吃了，吉絲卡以為簡慶東胃口不好，也沒想太多，收了碗盤，就到廚房忙。

那天晚上睡覺前，簡慶東試探性地問吉絲卡：「有沒有辦法讓你不要走？」

吉絲卡咬住雙脣緩緩搖頭，簡慶東猜不透吉絲卡的意思是什麼？沒有辦法！或是她不知道該怎麼辦？簡慶東知道，即使吉絲卡非得回菲律賓不可，一定有什麼辦法可以讓她再回來台灣。

那天之後，簡慶東變得不愛講話了，飯也吃得少，意志無端消沉，彷彿又回到剛出院的那副模樣。

準備回家探望久違的父母，吉絲卡的心情有點複雜，能回家固然高興，但要離開已經生活了三年的土地，難免有點捨不得。況且，簡慶東的狀況令人有點擔心。吉絲卡不知道自己能不能幫上忙，她只能認真把所有該做且能做的事情做好。

吉絲卡要離開花蓮那天，簡慶東沒有到門口送她。他整個晚上沒睡，躺在床上翻來覆去，腦海裡是三年來的點點滴滴，吉絲卡對簡慶東的細心照料與協助，每一幕都在他心中刻劃了深沉的印記。那天早上他覺得全身無力，沒有辦法離開床舖，更拒絕讓家人扶他起床，吉絲卡到房間向

他道別時，他側身面對牆壁沒有回頭。他到這個時候才發現自己的脆弱，他無法想像吉絲卡離去的背影，更不願意親眼看見這樣的景象。

簡慶東要將回憶停留在前一天夜裡，吉絲卡扶他上床後，親手為他蓋上涼被時的親切表情。

「老闆，我要走了，你自己要對自己好一點……。」

「你也多保重……，有機會的話，希望你還能回來這裡……。趕快去吧，不要耽誤到時間……。」

好久好久……，等簡慶東轉過身子的時候，即使家門口是砂石車疾速往來的大馬路，他的世界竟在那瞬間安靜了下來……好久好久……。

沒有吉絲卡在身邊陪伴，簡慶東到後院散步的次數少了，他覺得自己再一次遭到嚴重的電擊，炸碎的是他對未來的想像。不願鄰居朋友為他的情況感到難過，受傷後的簡慶東就很少出門，還好有吉絲卡，跟他分享在菲律賓成長的點滴，簡慶

東也會告訴吉絲卡他年輕氣盛時做過的蠢事。身體的殘缺限制他，但有吉絲卡的陪伴，即使從來沒有出國經驗，卻也幾乎熟遍了大半個菲律賓。當吉絲卡開始能講中文以後，簡慶東整個人似乎從黎明甦醒過來一般，享受曙光的恩賜。他不知道該如何定義對吉絲卡的情感，可以確定的是，吉絲卡在他的心中已經有了無法抹滅的地位。

　　人在菲律賓的吉絲卡雖然很開心能回到家裡陪爸爸媽媽，但她每天早上醒來時，腦海總會泛起壽豐清晨的陽光，想起簡慶東瞇著眼，嘴角綻放笑意等他幫忙洗臉的樣子。吉絲卡在廚房作菜時，總會想起簡慶東喜歡吃糖醋魚，烹魚時他會坐在廚房的一角，交代吉絲卡將爐火開到最大，油一滾沸立刻將處理好的魚下鍋，等魚皮稍微有點焦，馬上將火關小，再慢慢悶一段時間，這樣不僅能鎖住魚鮮味，還能保持肉質軟嫩，魚肉送進嘴裡，入口即化。原本這道菜對她來說已經是駕輕就熟，回到菲律賓老家卻怎樣也做不出在台灣時的味道，不是魚肉太老，就是魚皮不夠酥脆。其實魚沒問題，調味料沒問題，鍋具更沒有問題，偏偏吉絲卡對火侯和時間的拿捏就是沒有

信心，沒有簡慶東在旁邊指點，自己就像是個沒下過廚房的新手。吉絲卡更擔心的是沒有她在身邊照顧，簡慶東吃不慣其他人做的菜，可能要餓肚子了。

　　每年十二月到隔年五月是菲律賓氣候最穩定的季節，二月之前屬於涼季，三月之後則為乾季，這段時間的氣溫通常介於攝氏二十一到三十二度之間，降雨量偏少，十分舒適怡人，也是菲律賓的旅遊旺季。偶爾，當強烈的大陸冷氣團從西伯利亞南下時，即便威力大減，仍會讓當地的氣溫微降二到三度，迎風面落下些許雨絲。回到菲律賓老家，吉絲卡竟愛上這種濕濕涼涼的天氣，東北季風飄洋過海，空氣中盪漾著台灣的泥土芬芳，傾訴花東縱谷裡的小秘密。

　　搶在第一個颱風來襲前，一通電話在怡朗半山腰颳起了猛烈的熱帶氣旋。

　　電話那頭是簡慶東的聲音，他從仲介公司那邊要到了吉絲卡家的電話號碼。簡單的寒暄過後，簡慶東沉默了很久，然後才開口對吉絲卡說：「吉絲卡，你願不願意再回來台灣？以後就長住在台灣！」

吉絲卡：「老闆，台灣很不錯，我也很習慣花蓮的生活。可是台灣的法律規定那麼嚴格，怎麼可能一直待在台灣。而且，我一個女孩子，總是要回家的。」

聽到吉絲卡這樣說，電話那頭的簡慶東又沉默了好久：「那你跟我結婚好不好？我們結婚了，我住的地方就是你的家！」

「結婚？」

「對！跟我結婚，我知道這樣的要求對你不公平，你還年輕，你的未來有無限的可能。雖然我是一個殘缺不全的人，我沒有辦法讓你有很美好的生活，但在你告訴我要回家之後，我才發現有你在身邊的時候，我真的好快樂。原本我以為失去手腳是上天對我的懲罰，但我現在想想，老天要我承受痛不欲生的苦楚，這樣祂才能將你從菲律賓派到我的身邊。」

簡慶東突如其來的告白，讓吉絲卡感到陣陣暈眩，她想起過往那三年在台灣的點滴，美好的記憶依舊深藏在腦海裡，但是一切卻是那麼遙遠。台灣和菲律賓只隔了一片海，文化與生活習慣可是天差地遠。她默默問自己：「我想再去台

灣嗎？如果去了，會變怎樣？跟這樣的男人一起生活，我會快樂嗎？」

急切的簡慶東又再問了一次：「跟我結婚好不好？」

吉絲卡又問了自己好幾個問題，然後整個人亂了方寸，以至於她根本沒有意識到她居然用家鄉母語回答了一大串話。

她不知道該同意還是拒絕簡慶東的求婚，最後她回答：「我要問問我的爸爸媽媽。」

好幾天過去吉絲卡才決定拿出勇氣將那天電話裡簡慶東對她說的話告訴自己的爸爸媽媽，畢竟在菲律賓的傳統社會裡，女孩子總有一天要離開父母，不管是嫁到隔壁村子，或是遠渡重洋，都是從原本的家到一個新的家，差別其實沒有想像中那麼大，結婚就是另外一個生活的開始。長那麼大，她不敢說自己瞭解愛情的本質，但她知道，在台灣那三年的生活沒有任何不好，跟簡慶東也培養了不錯的默契。簡慶東想要和她結婚，表示他心中是認真愛著的，即使不是濃烈像電影的那種。有人願意將心思放在自己身上，那就是幸福的滋味，不管最後的結局是什麼。

當初吉絲卡要離開菲律賓到台灣工作時，父親第一個站出來反對，好不容易才盼到心愛的女兒回家。台灣的雇主提出想要跟女兒結婚的要求，他當然更不可能隨便同意，但女兒這幾天悶悶不樂的模樣，當父親的看在眼裡更覺得不忍心。

理解過簡慶東的身體狀況，以及兩人過去三年相處的狀況後，父親問吉絲卡：「妳愛妳的老闆嗎？」

吉絲卡回答：「我無法定義什麼是愛，或者我愛不愛他。但是和他在一起的時候，我確實過得還不錯。他很有耐心，一字一句教會我說中文，教會我做台灣風味菜。不管以後我在台灣或是留在菲律賓，我都已經想好要開一間小餐館，專賣台灣菜。」

「你說他戴上義肢之後能像平常人一樣走路？」

吉絲卡堅定地說：「爸爸！他的義肢是我親手裝上的，並且教會他站起來，一步一步帶著他往前走。」

「那這樣吧，很簡單，如果他能夠為了你親

自來一趟菲律賓，讓我們看看他，共同生活一段時間，證明他真的很重視你，願意為你付出，那麼身為從小看顧妳長大的父親，我願意為你們獻上最誠摯的祝福。」老父親心裡迴盪著，要將女兒嫁給別人，心中可是滿滿的不捨。

　　這個條件對簡慶東而言是個十分嚴峻的挑戰，他知道，如果有吉絲卡在身邊協助他，那麼他絕對可以輕易完成。沒有了吉絲卡，這個挑戰更顯得困難重重。但仔細想想吉絲卡父親提出這樣的條件也不無道理，和吉絲卡結婚之後，他們就不再是雇傭關係，簡慶東也要負起關心和照顧吉絲卡的責任，這是夫妻之間的權利和義務。吉絲卡幫助簡慶東站起來，並且一步一步往前走，現在簡慶東要證明已經能夠自由走動的他同樣有能力保護吉絲卡，並讓她的父親知道，自己不僅僅堅強，而且願意為所愛的人付出，克服眼前的種種難關。

　　內心裡面經過無數次的沙盤推演之後，簡慶東擬定了他的求婚大作戰計畫。首要之急就是找人把台灣的結婚證書翻譯成英文。為了確保沒有任何遺漏，翻譯時簡慶東就在旁邊一字一句盯

著，順便學習如何將內容念出。離開學校之後就幾乎沒碰過英文，在這之前，他只能勉強讀出二十六個英文字母。

辦妥機票和證件後考驗一一來臨，考量搭乘火車的諸多不便，蘇花公路崎嶇難行又經常有落石危險，他邀請一位朋友同行，先開車載他到花蓮機場，兩人一同搭飛機到台北，然後再到桃園轉搭前往菲律賓的國際航線。

再來是行李部分，既然要獨自前往，那麼他就不能和其他人一樣大包小包出國，只能在脖子上掛一個小包包，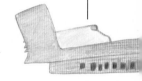裡面就放登機要用的證件和機票，以及可能需要用到的現金。其他所有生活上要用到的物品，就只能到菲律賓當地再另外採購。所有預先能想到的情況都設法找出對策後，就等出發的那天到來。

無奈計畫再怎麼周全，永遠趕不上突如其來的變化，第一個考驗發生在花蓮機場，原定的飛行班次因旅客人數不多，航空公司改派舊型號且相對比較小的班機，機場的空橋無法與機艙連結，輪椅更不可能直接推上飛機。最後是同行的

友人背著簡慶東，一步一步從候機室走到停機坪，再從機尾的窄小登機門進入機艙。

簡慶東沒有雙手可以搭在朋友的身上，以至於登機與下機的過程險象環生，好幾次簡慶東都差點摔落到地上。

朋友一路陪他從松山機場轉車到桃園之後才獨自返回花蓮，幸好之後的情況有改善，桃園機場的設施完備，航空公司有充足的人力可以幫忙簡慶東推輪椅上機，機上會說中文的服務員經常主動關心他的需要。

路途中的民生問題是最大的考驗，打從壽豐出發前幾個小時，簡慶東就一滴水都不敢碰，也停止進食，即便身體必須承受飢渴之苦，他都告訴自己一定要忍住，沒有專人的協助，便溺等問題是很大的困擾。

飛機緩緩向馬尼拉機場的方向降低高度，機艙長向乘客廣播，機上服務人員即將進行餐盤回收，以及最後的安全檢查。

與簡慶東鄰座一個同行的菲律賓小姐，看他餐桌上的食物原封不動地擺著，再看看他的身體，知道他吃東西不方便，於是便用中文問道：「老闆，老闆！我餵飯你？」

　　簡慶東心想即將到達目的地，評估自己生理狀況還可以，而且自己從來沒有吃過飛機上的餐點，既然有人願意幫忙，頗有心動。正想點頭說好之際，那位小姐接著說：「一百塊美金我！」

　　這種要求根本就是趁火打劫，簡慶東聽到之後冷冷答道：「一百塊美金！我那有那麼多錢給妳，謝謝妳的好意，我還沒有餓到那樣的程度，不一定要吃。」

　　飛機平安著陸後，簡慶東是最後一位下機的乘客，還好機上有會說中文的空服員，地勤人員先協助簡慶東下機，之後全程由那名會說中文的機組員陪他通關，幫他翻譯。簡慶東知道，飛機上用餐的事情只是個插曲，絕大多數的菲律賓人都是友善而且熱情的。

　　菲律賓機場管制嚴格，除了準備登機的人以外，接機者只能在機場外枯等。吉絲卡一早就出門，搭了幾個

小時的車，比簡慶東預定到達的時間還早到達機場。

　　看著手上的手錶，吉絲卡心中默默倒數菲機抵達的時間，時間一分一秒過去，終於到了飛機預定落地的時刻，然後十分鐘……、二十分鐘……、三十分鐘……，簡慶東還是沒有出現。

　　吉絲卡枯站在機場外頭等候，人潮從她身旁來來去去，就像電影那般，周遭的人被快轉播放，自己的畫格卻是慢速前進。

　　茫茫人海中，吉絲卡的目光掃遍了機場的各個角落，尋覓許久，無奈就是盼不到簡慶東。時間繼續跟著身旁的人潮遠去，空氣似乎凝結那般，緊張的氣氛將吉絲卡關在一座看不見的牢籠裡，不安的情緒加速了心跳頻率，就在吉絲卡幾乎要感覺到窒息，人生即將從慢動作轉變成停格的同時，她看見有一位善良的菲律賓女士推著輪椅緩步走來，椅子上是她盼望著已久的簡慶東，他疲累中透著歡欣的臉孔，泛起迷人的微笑，只剩一小截的手臂奮力揮舞著。

　　簡慶東向吉絲卡的父親證明自己真的有能力可以為他的女兒付出。家人們有點震驚之餘，也

被簡慶東為愛走天涯的真情表現感動，準備婚禮之餘，要簡慶東先和他們在菲律賓住下來，讓彼此有更進一步的認識。這一住就是幾個月。

　　吉絲卡娘家在山區的聚落，人口不是很多，山上物資取得不易，買東西要到很遠的鎮上才辦得齊。日常生活所需就要到吉絲卡家對面，由她阿姨所經營的雜貨店。有一晚，一些混混喝醉了，吵著要買酒，要已經打烊的雜貨店開門，又是撞門，又是摔酒瓶。因為語言限制，簡慶東自覺幫不上忙，只能和吉絲卡從窗口的縫隙觀望。吉絲卡的阿姨費了好一翻口舌與心力才擺平那群惡狠狠的小混混，無奈店門口已經一片狼藉。簡慶東問吉絲卡：

　　「門前那副景象常發生嗎？」

　　「山區治安不好，附近交通不方便，警察人力不足，難免會有死角。有些人酒後喜歡鬧事，所以我們都會提高警覺，家中多少會放一些防身用的棍棒武器，真的有事情發生的時候，嚇阻作用還不錯。」

　　「我發現有時警察還是會來我們家附近走動，他們的人力真的不足？」

吉絲卡露出神秘的微笑：「那是因為爸爸擔心你的安全，怕大家把你當成台灣來的肥羊，所以特別請警界的朋友來家裡走動，讓壞人不敢來！」

　　晚上吃飯時，吉絲卡提起白天發生的事情，父親藉由吉絲卡的翻譯對簡慶東說：「身為這個家裡面最有權力的男人，我必須負擔起保護家人的責任，你在這裡，就是家中的一份子，所以我當然也會像家中成員那般保護你。但是以後吉絲卡跟你到台灣，你一定要肩負起保護她的責任，保護家人是男人的最基本工作……，我不許你讓吉絲卡吃苦……。」婚禮在菲律賓舉行，這之前簡慶東曾經短暫回台灣一個多月，辦理相關的行政程序，然後再複製前一次的經驗回到菲律賓，正式和吉絲卡結婚。

　　隆重的儀式在菲律賓的天主堂舉行，主持的司儀和神父說的是他加祿語（Wikang Tagalog），用的是簡慶東翻譯的英文結婚證書，繁複的儀式讓簡慶東一頭霧水。尤其要用他加祿語講誓詞，簡直是難上加難，只得由吉絲卡很甜蜜地說一句，簡慶東跟著唸一句：

「我簡慶東接受你吉絲卡成為我的合法妻子，從今以後永遠擁有你，無論環境是好是壞，是富貴是貧賤，是健康是疾病，我都會愛你，尊敬你並且珍惜你，直到死亡將我們分開。我向上帝宣誓，並向他保證我對你的神聖誓言。」

簡慶東念完之後，吉絲卡將誓詞中的主受格互換，對著神父念出自己的誓詞。在神父的祈禱與眾多親友的見證下，慎重、神聖與感人的婚禮就此完成。

再度踏上花蓮的土地，吉絲卡已經不再是人們口中的「外勞」或者「外籍看護」，她的新身分是簡慶東的妻子，同時有一個新的稱號叫做「新住民」。

簡慶東獨步千里冒險娶親的故事不僅僅感動了吉絲卡的家人，街坊鄰居更是佩服他的勇

氣，似乎連上天都為之動容，特別憐憫這對患難夫妻。婚後的隔年，隨著肚子一天一天大起來，吉絲卡發現自己居然意外懷孕。簡慶東萬萬沒想到，上天奪走他健全的肢體，讓他人生充滿著絕望的同時，接連賞賜給他細心體貼的妻子，以及一名健康可愛的男嬰。

有了愛的結晶，簡慶東完全變成另外一個人，他將岳父的叮嚀牢記在心，在他的能力範圍內，絕對不能讓吉絲卡和小孩吃苦，於是他收拾起婚前那般萬念俱灰的意志，人生態度轉趨積極。

某次參觀口足畫家舉辦的畫展，簡慶東大受感動，他才知道，原來殘缺的生命，還能迸發出那麼璀璨的火花。長期關注簡慶東的慈濟志工們幫忙引薦師資，簡慶東開始拜師學藝，跟著曹小容老師認真學習畫畫，他忍受著肌肉旋轉時的疼痛，用嘴巴咬住用衛生筷綑綁延長的沉重筆桿，一筆一畫在雪白的圖畫紙上塗著亮眼的色彩。

有了小孩，家中日常開銷也跟著變大，簡慶東的身體狀況無法外出工作，為了讓孩子有更好的成長環境，家裡的經濟重擔整個落到吉絲卡的

頭上。吉絲卡的生活變得更忙碌，早上起床安頓好老公和小孩後，她就到街上的自助餐店打工，下班後再料理一家大小吃飯，協助洗澡更衣，以及處理家務等，打工賺取的微薄薪水，加上公家部門的些微補助，剛好供家中花用，不至於使一家人挨餓受凍。

上天給了簡慶東夫妻全世界最美好的禮物，同時也帶更多困難棘手問題要考驗他們。經濟的困境得到了克服，緊接著孩子一天一天長大，教育的問題更不容兩夫妻忽視。

那個黃昏過後，吉絲卡的例行家務差不多告一個段落，街坊鄰居人稱大姊的雅帆突然登門拜訪。

「吉絲卡！小孩最近好不好？有沒有乖乖聽話？」

「最近感冒了，早上去衛生所打針。看他哭，我好難過！」

「要上學了吧？真得好快，之前還看你揹著他在自助餐店洗碗呢！」

「對啊！對啊！學校有寄通知來要我們去辦登記。」簡慶東

忍不住興奮搶著加入對話。

　　「我們這種鄉下地方跟都市不能比，小孩子放學後沒有補習班，也沒有安親班可以去，學校的功課都要爸爸媽媽幫忙盯。阿東現在的狀況不是很方便，吉絲卡妳晚上的時間到圖書館來，跟村子裡的新住民姊妹一起上課，學會了以後可以教自己的小孩。」

　　吉絲卡聽了雅帆這番話後，轉頭看看簡慶東。

　　「去學點東西也好，認識一點字，以後出門才不會找不到路回家！」簡慶東點著頭對她說。

　　吉絲卡和新住民　姊妹們從最基礎的ㄅㄆㄇ開始學習識字和書寫。儘管大家原本的國籍不盡相同，但因為有類似的境遇，新住民姊妹們很快就能融合在一起，藉由特別為她們設計的各門實用精彩課程，彼此成為好朋友，排解思鄉情緒。

新住民姊妹的傑出學習成就，大大鼓舞雅帆和她所屬的「牛犁社區交流協會」。為了替姊妹們爭取更多的學習資源，透過東華大學數位文化中心以及花蓮縣縣政府教育處的協助，向教育部爭取了一筆經費，購置幾部性能還可以的電腦，並且配置好網路設備放置在社區圖書館裡面。「壽豐數位機會中心」就此成立，並且接連替銀髮族、原住民、新住民、學童、一般民眾等不同族群量身設計精彩的免費課程，非上課時間也會免費開放使用。「數位機會中心」的成立不僅僅提供了更多的學習資源，也肩負起縮短城鄉數位落差的重責大任。

　　每次的課程結束，雅帆總會出一些題目讓學員們複習，檢驗學習成果，也讓學員更有成就感，提升學習興趣。

　　系列課程進行一段時間後，某次雅帆突然告訴姊妹們說：「老是坐在教室內上課也未免太無聊，我們去環遊世界！」

　　聽到雅帆這番話，新住民姊妹們各個妳看我，我看她，她又看妳，不懂雅帆是不是講錯話，哪來那麼多錢帶大家出國，而且又是環球旅

行呢？

「不要懷疑，你們沒有聽錯，我們要去玩，去印尼、越南、菲律賓、柬埔寨，去你們每個人的國家……。現在網路科技很發達，我要你們上網找自己家鄉的照片，介紹大家妳在哪裡長大？有哪些風光明媚的地方？老公去妳的國家時，你們去哪裡約會？還有，要介紹幾家非去不可的店！我們找一個時間辦一場發表會，大家穿上家鄉的傳統服裝，輪流上台報告。活動開始之前，我還要你們各自準備一盤最道地的家鄉菜，在會場上跟姊妹們以及來賓分享！」

雅帆這項有趣的挑戰可讓新住民姊妹們忙翻了。接下來幾天，電腦教室內經常出現類似這樣的對話：

「這張圖好不好？」

「照片要怎麼下載？」

「儲存的檔案不見了！我要去哪裡找？」

「我快弄好了，誰現在有空，幫我看看小孩，她一直哭，我沒有辦法專心上網，我會在家鄉的街道迷路！」

「誰家裡還有魚露？最近忙著整理照片，沒空出去買！」

活動選在同樣位於壽豐的東華大學內舉辦，姊妹們使出渾身解數，將自己家鄉最美好的一面呈現出來，不只介紹傳統文化，也分享來到台灣後的心路歷程，故鄉街景，曾經踏過的足跡都呈獻在與會者面前。這場活動相當成功，台下的聆聽的師生有人起立鼓掌，有人感動落淚。

活動將姊妹們的距離更拉近一步，更化解了吉絲卡的思鄉情懷。學會了基礎的開關機和打字以後，她與世界的連結更加緊密，菲律賓的家人和吉絲卡之間只剩下一個電腦螢幕的距離，他們利用Skype訴說彼此的思念之情。吉絲卡也將在日常生活點滴與台灣的美好風光，以照片的方式呈現在自己的部落格上面，和菲律賓的朋友們

分享。有空的時間她會帶著小孩和她一起到電腦教室複習學過的課程，孩子有任何她無法解答的問題時，她會點開瀏覽器，在搜尋引擎打上關鍵字，找出問題的最佳解答，母子兩人共同學習，一起進步。最讓吉絲卡快樂的事情，就是帶著孩子一起使用Google Map的街景服務，她會告訴孩子自己在哪邊長大，往哪個方向走幾步路可以到父親的田裡，哪裡又是自己最喜歡逛的街道，哪家店可以吃到最道地的菲律賓美食。

　　小姐姐送給簡慶東一家人一部小車，吉絲卡考到駕照之後，空閒時會帶家人到外地走走逛逛，簡慶東也能有機會外出透透氣。如果時間比較零碎，吉絲卡也會帶著兒子在所屬的豐田社區內認識新朋友，她帶他到「五味屋」，讓他跟著大哥哥大姊姊們交流學習。但其實吉絲卡更喜歡跟著父子倆一起到附近的「碧蓮寺」去走走。

　　學校開學的前一天，簡慶東一家人再度來到碧蓮寺，趁著休息的時候，吉絲卡從隨身雜物袋內拿出一本書給兒子，她告訴兒子：

　　「明天你要開始上學讀書了，到學校之後，你會認識很多新朋友，但是你可能會發現自己跟

其他同學不一樣的地方。你的爸爸身體殘缺，你的媽媽來自不同的國度，這些都會讓其他人覺得你不一樣，但是你要相信，你和其他同學其實並沒有什麼差別，你們都是到學校學習知識的。」

「你看，碧蓮寺所供俸著的不動明王其實是日本人的神明，但因為日本人戰敗離開後，無法再將神明帶回，所以就留在原來的地方。媽媽的處境和這個神明很像，同樣是在異鄉漂流。這個地方能接納不同族群的神明，一樣也能平等對待每個人。」

「這本書是我在社區內和新住民阿姨們一同學習的成果，裡面是我從小到大的成長歷程，以及來台灣工作後，嫁給你爸爸，一直到生下你的故事，有時間我會一頁一頁慢慢講給你聽，你也可以把我們家的故事說給更多人聽。」

　　「我要告訴你的是，這一路上，爸爸和我都很努力，也接受很多人的幫忙，所以我們家才有今天。去學校讀書之後，你一定要好好學習，等你長大有能力了，記得要回饋社會，幫助更多人。」

　　身為父親的簡慶東不讓吉絲卡的學習成就專美於前，開始學畫後，功力突飛猛進，一張又一張的圖畫逐漸掛滿家中的畫室，這些都是簡慶東忍著身體的劇痛，咬著筆桿所完成的鉅作。他最得意的作品是一幅自畫像，畫中的他穿著普通的家居服，倚靠著牆壁盤坐在床上，眼神盯著躺在自己僅存右腿上剛出生不久的兒子。那是他對兒子最真摯的情感，如果可以，他真的好想跟別人一樣，親手將兒子擁抱在懷裡入睡。

　　孩子長大開始上學後，自己的時間多了，吉絲卡沒讓自己閒著，她感念一路上受到許多人的

幫助與關懷，現在她有能力，也想幫助更多人。吉絲卡加入社區內的老人關懷團隊，每天幫獨居老人送餐，定期在老人關懷據點幫忙老人家量血壓、做紀錄。有時她會跟著孩子一起到學校，在圖書館擔任志工，也當學校裡的故事媽媽，說故事給小朋友聽，更獲邀擔任多元文化教師，帶領學生認識不同的族群文化，分享異國美食，以及民謠教唱。

　吉絲卡會唱的歌不多，但每次上課前，她總是一字一句地，認真教著小朋友那首她最喜歡的歌曲《我是菲律賓人》：

我是菲律賓人

在我的心中繼承著尊貴的血液

華美的理想 我的國家 菲律賓

純潔的東方明珠

……

……

……

造物主在此聚集了財富

在王國的恩賜中

原本在這塊土地上生活的人

註定共享著這份富裕與榮耀

這就是互愛

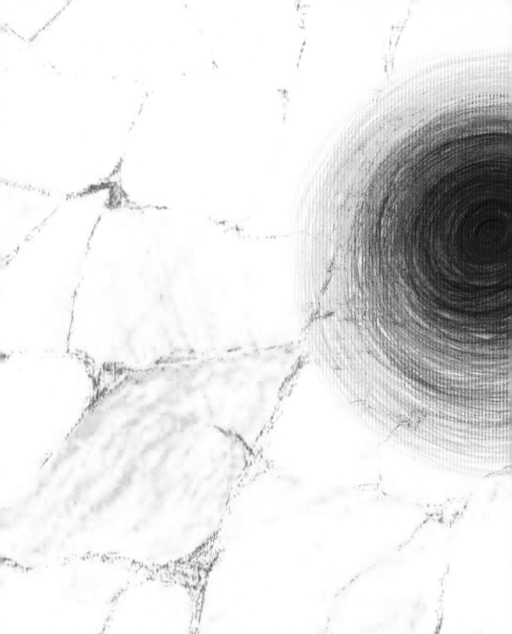

　　那一年，菲律賓發生嚴重的乾旱，太陽變得特別大，讓原本貧瘠的土地更貧瘠。

吉絲卡看著每天愁眉不展的爸媽，出國幫傭
賺錢的訊息一直不斷在吉絲卡耳邊響起。

「爸！我想到台灣工作，
聽說那裡可以賺比這裡多
6倍的錢。」
「不可以，你一個女孩子
到這麼遠的地方我不放
心。」

「姐，我想去台灣工作，可是爸爸不肯。」「以前哥哥、姐姐工作讓我讀書，現在換我工作讓弟弟、妹妹讀書了。」「吉絲卡，你的心情我了解。」「姐，妳會幫我吧！」「如果妳真的下定決心，我會幫妳想想辦法。」

「吉絲卡，這個錢你拿去。」

「姐，謝謝妳！」

就這樣吉絲卡搭上了飛機，離開了故鄉。

因為語言不溝通，吉絲卡和老闆總是比手
畫腳。

「我要洗臉！」「what？」

「我要洗臉！」「what？」

「我要洗臉！」「what？」

「聽不懂老闆講得話，也幫不上忙，我該怎麼繼續下去。」「或許爸爸當初不同意我來是對的！」「可是，我已經千辛萬苦的來了。」「我一定可以克服的。」

日子一天天的過去，吉絲卡漸漸的適應慣這裡的生活。

「吉絲卡，我不要
裝義肢！」「我不
要站起來！」

「老闆，我知道裝義肢的過程很辛苦，
我會幫你的。」

「吉絲卡，這件衣服是我弟弟要送給
你的生日禮物。」

「真的嗎？謝謝老闆！謝謝姐姐！」

「我看見你們感情這麼好，
吉絲卡妳乾脆不要回去，嫁
給你們老闆好了。」

這時，吉絲卡突然驚覺三年期約就要到了，
開始擔心自己離開後，老闆該怎麼辦。

姐姐，爸、媽好嗎？

吉絲卡，媽媽最近身體不好，她不要我告訴妳。

「老闆！我媽生病了，期約到期後，我必須回家照顧我媽媽。」

「你不能留下來嗎？我真的很需要妳。」

「不可以，這樣
太危險了。」

「我要去菲律賓找你，
我要讓你爸、媽知道我
是可以的。」

那你一定要小心。

「妳放心，我一定
會做得到。」

就這樣，央請好友一路送到機場、背著他

上飛機。臨走前，好友叮嚀著：「一路上

小心！」

忐忑不安的心，讓老闆坐立難安。

擔心老闆的吉絲卡，直到看見他的出現才
放下糾結的心，揮舞著手，高興的喊著。

「這裡！在這裡！」

當吉絲卡母親看見老闆的
那一瞬間，忍不住給老闆
一個溫暖的擁抱。

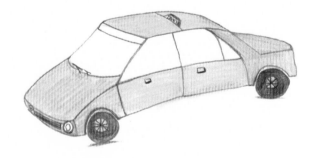

老闆真誠的舉動，感動了吉絲卡
的父母，於是在他們的祝福下，
吉絲卡和老闆在公證儀式中簽下
了結婚證書。

那瞬間，吉絲卡耳邊響起牧師的話：
「吉絲卡，我在上帝和教會眾人面前
問妳，妳是否願意嫁簡慶東作妳的
丈夫，並承諾從今以後，無論環境順
逆，疾病健康，富貴貧窮，永遠愛慕
他、尊重他，終身不渝呢？」

吉絲卡含淚回答：「我願意！」

婚後的吉絲卡生了一個健康可愛的孩子，很喜歡孩子的先生，總是要吉絲卡把孩子放在他的腿上，跟他說話、靜靜的陪伴他，先生最大的心願就是希望有一天能親手抱抱自己心愛的孩子。

剛嫁來不久的吉絲卡，聽說這個村子有座碧蓮寺的廟宇、廟裡供奉著日本時代的神明——不動明王，但因為日本人戰敗離開後，無法再將神明帶回，所以就留在原來的地方，一直到現在，吉絲卡聽了這個故事，覺得這個神明跟自己的處境很像，同樣是流落在異鄉的遊子。樂觀的吉絲卡換個角度想，這個地方能接納不同族群的神明，一樣平等的受到大家的景仰及膜拜，所以只要自己努力也能獲得大家的認同。

為了增加家裡的收入，到自助餐打工
賺錢貼補家用。

婚後的吉絲卡，為了融入新的環境，
參與社區辦理的中文班，從最基本的
識字、書寫開始。

為了不和這個社會脫節，吉絲卡藉著中文班學習的中文，進一步參加壽豐DOC的電腦研習，無形中從網路獲得許多資訊

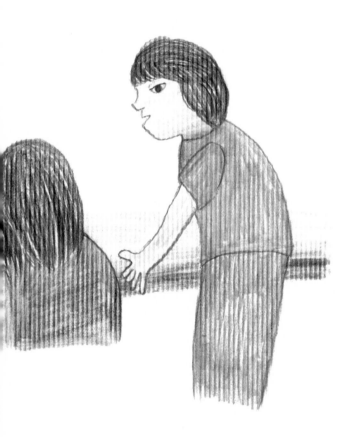

工作之餘，還擔任故事媽媽到學校
說故事給小朋友聽。

也協助社區於星期三的早上幫老
人家量血壓，長輩們都很驚訝吉
絲卡的中文這麼流利，而且還會
協助紀錄長輩的資料。

吉絲卡越來越適應這裡的生活，孩子也越來越大而且懂事，現在吉絲卡最大的幸福就是休息的時候和孩子一起陪先生畫畫。

兒童文學10　PG1122

吉絲卡的願望

策劃單位／教育部資訊及科技教育司
執行單位／花蓮縣數位機會中心、
　　　　　壽豐數位機會中心
企劃／須文蔚、許子漢
作者／須文蔚、陳啟民
口述／吉絲卡、簡慶東
插圖／吉絲卡
主編／吳亞儒
校對／王新雨
責任編輯／林千惠
圖文排版／賴英珍
封面設計／陳佩蓉
出版策劃／秀威少年
製作發行／秀威資訊科技股份有限公司
114 台北市內湖區瑞光路76巷65號1樓
電話：+886-2-2796-3638
傳真：+886-2-2796-1377
服務信箱：service@showwe.com.tw
http://www.showwe.com.tw

郵政劃撥／19563868
戶名：秀威資訊科技股份有限公司
展售門市／國家書店【松江門市】
104 台北市中山區松江路209號1樓
電話：+886-2-2518-0207
傳真：+886-2-2518-0778
網路訂購／秀威網路書店：http://www.bodbooks.com.tw
　　　　　國家網路書店：http://www.govbooks.com.tw
法律顧問／毛國樑　律師

總經銷／聯寶國際文化事業有限公司
221新北市汐止區康寧街169巷27號8樓
電話：+886-2-2695-4083
傳真：+886-2-2695-4087

出版日期／2014年4月　BOD一版　定價／360元
ISBN／978-986-5731-02-1

秀威少年
SHOWWE YOUNG

國家圖書館出版品預行編目

吉絲卡的願望 / 吉絲卡, 簡慶東口述 ; 陳啟民, 須文蔚寫
作 ; 吉絲卡繪. -- 一版. -- 臺北市 : 秀威少年,
2014. 04
　面 ;　公分
ISBN 978-986-5731-02-1 (平裝)

859.6　　　　　　　　　　　　103001917

讀 者 回 函 卡

感謝您購買本書，為提升服務品質，請填妥以下資料，將讀者回函卡直接寄回或傳真本公司，收到您的寶貴意見後，我們會收藏記錄及檢討，謝謝！如您需要了解本公司最新出版書目、購書優惠或企劃活動，歡迎您上網查詢或下載相關資料：http:// www.showwe.com.tw

您購買的書名：_____

出生日期：_____年_____月_____日

學歷：□高中 (含) 以下　　□大專　　□研究所 (含) 以上

職業：□製造業　□金融業　□資訊業　□軍警　□傳播業　□自由業
　　　□服務業　□公務員　□教職　　□學生　□家管　　□其它_____

購書地點：□網路書店　□實體書店　□書展　□郵購　□贈閱　□其他

您從何得知本書的消息？

　□網路書店　□實體書店　□網路搜尋　□電子報　□書訊　□雜誌
　□傳播媒體　□親友推薦　□網站推薦　□部落格　□其他_____

您對本書的評價：(請填代號　1.非常滿意　2.滿意　3.尚可　4.再改進)

　封面設計____　版面編排____　內容____　文／譯筆____　價格____

讀完書後您覺得：

　□很有收穫　□有收穫　□收穫不多　□沒收穫

對我們的建議：_____

_____

_____

_____

11466
台北市內湖區瑞光路 76 巷 65 號 1 樓

秀威資訊科技股份有限公司　　　收

BOD 數位出版事業部

....

（請沿線對折寄回，謝謝！）

姓　　名：＿＿＿＿＿＿＿＿＿　年齡：＿＿＿＿　性別：□女　□男

郵遞區號：□□□□□

地　　址：＿＿＿＿＿＿＿＿＿＿＿＿＿＿＿＿＿＿＿＿

聯絡電話：(日) ＿＿＿＿＿＿＿＿＿　(夜) ＿＿＿＿＿＿＿＿＿

E-mail：＿＿＿＿＿＿＿＿＿＿＿＿＿＿＿＿＿＿＿＿＿